SE CORRER O BICHO PEGA

*Copyright © Livraria Martins Fontes Editora Ltda.,
São Paulo, 1997, para a presente edição.*

1ª edição *1997*
3ª tiragem *2009*

Produção gráfica
Geraldo Alves
Impressão e acabamento
Yangraf

Dados Internacionais de Catalogação na Publicação (CIP)
(Câmara Brasileira do Livro, SP, Brasil)

Daher, Andréa
    Se correr o bicho pega / Andréa Daher , Zaven Paré ilustrador. –
São Paulo : Martins Fontes, 1997.

    ISBN 85-336-0615-X

    1. Literatura infanto-juvenil 2. Livros ilustrados para crianças I.
Paré, Zaven. II. Título.

97-1455   CDD-028.5

Índices para catálogo sistemático:
1. Literatura infantil   028.5
2. Literatura infanto-juvenil   028.5

Todos os direitos para a língua portuguesa reservados à
Livraria Martins Fontes Editora Ltda.
*Rua Conselheiro Ramalho, 330 01325-000 São Paulo SP Brasil
Tel. (11) 3241.3677 Fax (11) 3105.6993
e-mail: info@martinsfonteseditora.com.br http://www.martinsfonteseditora.com.br*

*Todos os direitos reservados; as ilustrações e o texto desta
obra não poderão ser reproduzidos no todo ou em parte,
por qualquer meio, sem prévia e formal autorização dos
proprietários dos direitos autorais.*

SE CORRER O BICHO PEGA

Andréa Daher e Zaven Paré

Nada parece abalar a calma e o silêncio da mata...

Mas na mata tudo mexe, tudo corre, tudo pula, tudo grita. Basta

um pulo de gafanhoto, minúsculo e ligeiro, pra tudo começar.

sem parar. Será medo do gato que corre e salta com as garras

no ar? Mas quem não tem garra usa o bico, como o ganso

afobado, que vem louco pra bicar. E a rã aproveita pra pular,

geladinha, sem coaxar, de medo da garça, discreta

pra ninguém notar. Mas nem a garça escapa ao faro da raposa, que solta um rugido esfomeado. Quem sabe ela foge do lobo,

que logo mostra os dentes afiados. Olha só, o cachorro bravo!

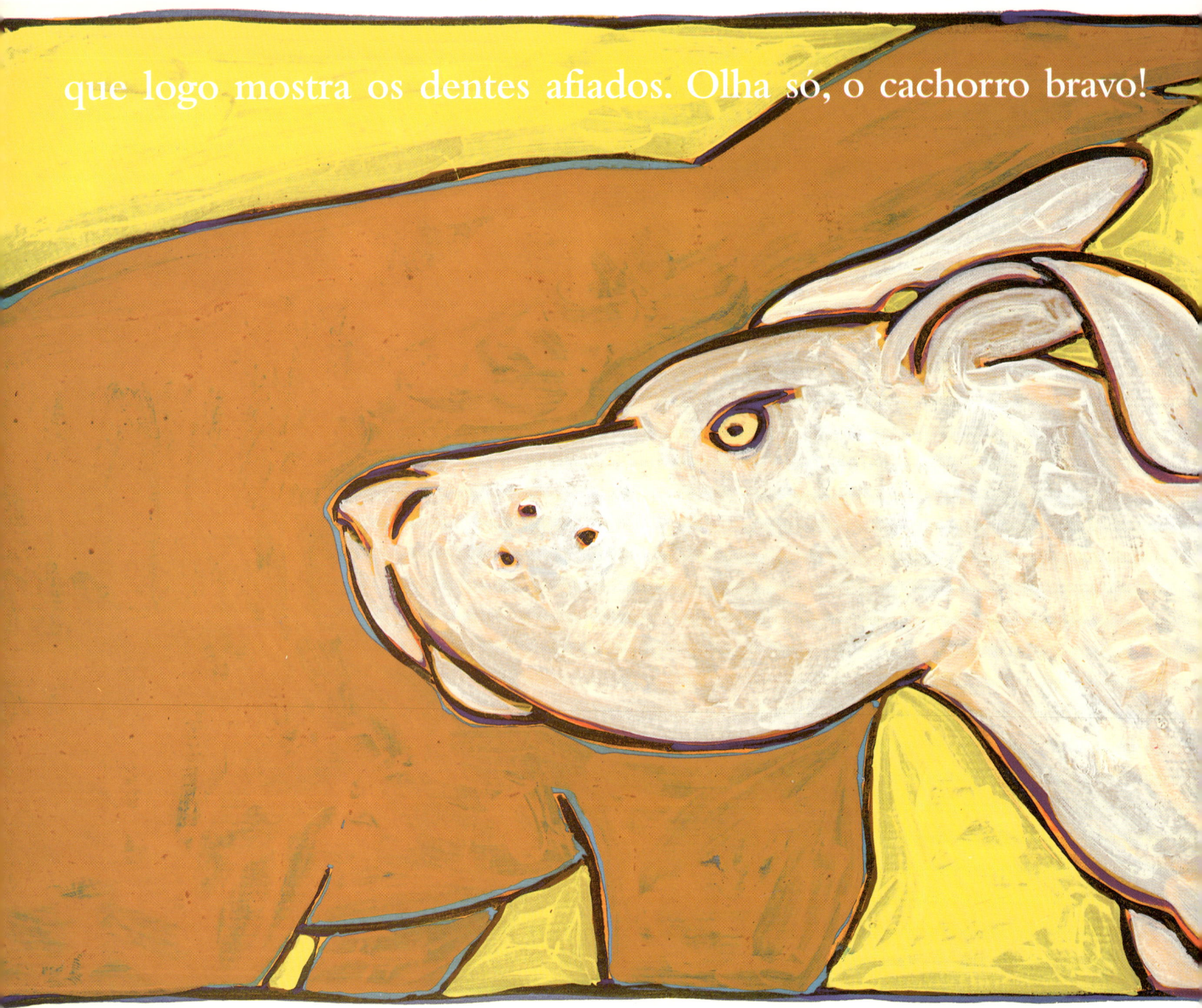

E cachorro nem é bicho do mato. Sai correndo

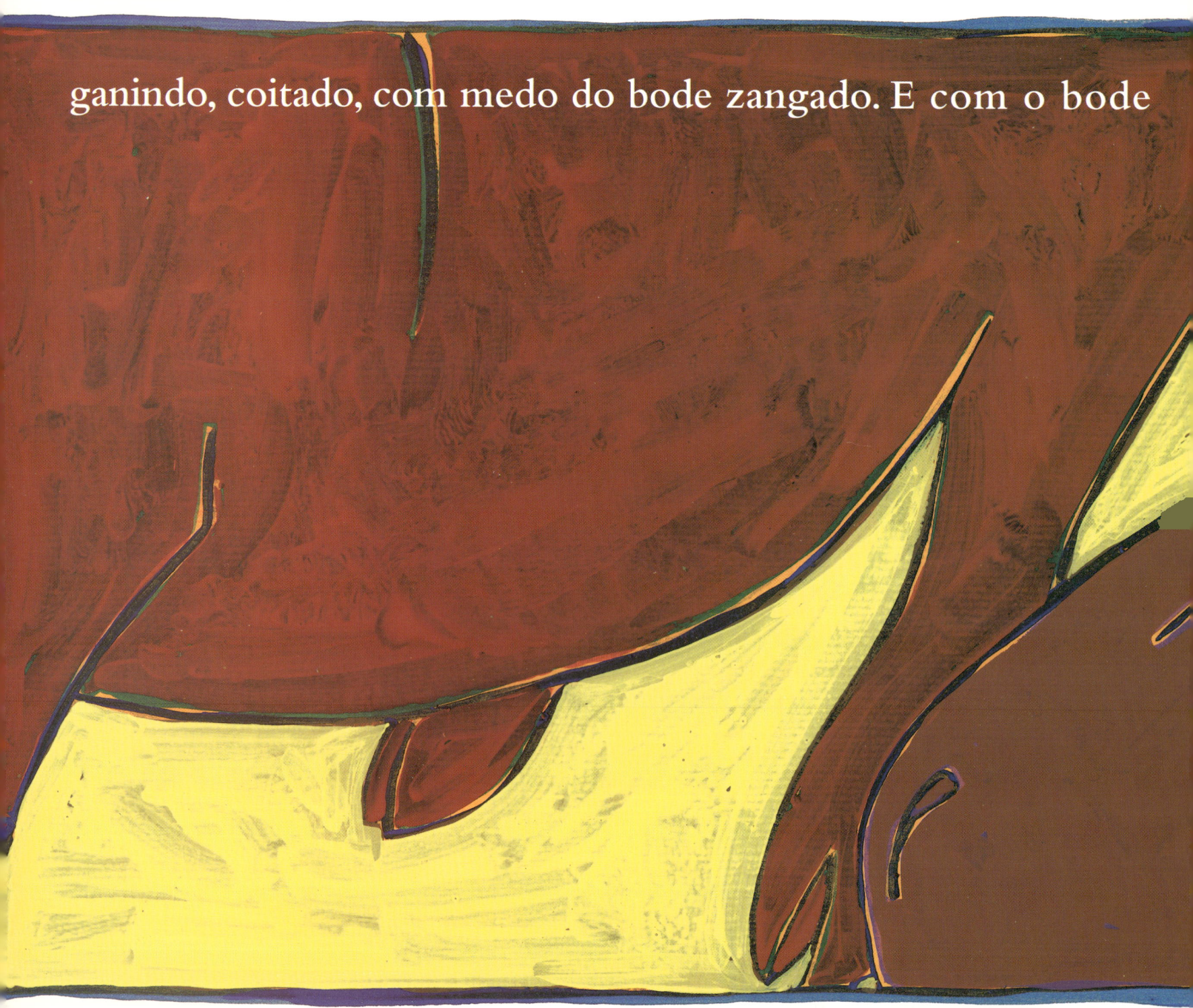
ganindo, coitado, com medo do bode zangado. E com o bode

ninguém pode, só búfalo que sai bufando, de chifres

empinados, pronto pra atacar. Mas nem búfalo, nem bufada

fazem parar o tigre no pulo, leve e certeiro, de patas no ar.

E que as patas corram ligeiro, pois atrás vem o crocodilo,

comprido e rasteiro, que é só dentes para abocanhar.

É quando a mata queima em chamas como a boca de um dragão.